阿三妹奉茶 壹

添丁亭

圖文／彭歲玲

全篇客語

全篇英語

阿三妹在灶下用大鑊煮水，阿姆吩咐講：「水滾記得盤起來放畀冷，天光日好奉茶，續等暖燒水，等大家做事轉夜好洗身。」
「好，𠊎知。」阿三妹認真拿火吹筒歕火燒樵。

Asammoi is cooking with a big pot in the kitchen when mom tells her, "Make sure that you scoop the water out for chilling after boiling, so we can serve tea tomorrow. Then boil water again for everyone to take a bath in the evening after work."
"OK, I got it."Asammoi takes out the bamboo air blower and blows hard into the firewood.

阿三妹在廚房用大鍋子煮東西，媽媽吩咐說：「水煮滾後記得舀起來放涼，明天好奉茶，接著煮熱水，等天黑大家下工好洗澡。」
「好，我知道。」阿三妹認真拿火吹筒吹火燒柴。

🔊客語朗讀

第二日打早，阿姆又講：「阿三妹，昨暗晡煮个滾水冷了，好煞煞孩去添丁亭奉茶，分過路人食嘴燥，順續去上茶崗摎阿萬伯姆學摘茶。」

The next morning, mom says, "Asammoi, the water boiled last night is cold now. Go carry it to Tiamden Pavilion for tea serving, so passersby can quench their thirst from it. By the way, go to the upper tea hill to learn to pick tea leaves from Aunt Avan."

第二天一早，媽媽又講：「阿三妹，昨晚煮的開水涼了，趕緊挑去添丁亭奉茶，讓過路人解渴，順便去上茶崗跟阿萬伯姆學採茶。」

阿三妹用擔竿挃茶到岔路口个添丁亭，亭下有隻水缸，阿三妹將水缸洗淨利，再將冷滾水倒入去。

Asammoi carries the tea with a shoulder pole to the intersection where Tiamden Pavilion is located. There is a water tank under the pavilion. First, Asammoi washes the tank; then she pours the cold water into it.

阿三妹用扁擔挑茶到岔路口的添丁亭，亭下有個水缸，阿三妹將水缸洗乾淨再將冷開水倒進去。

  客語朗讀

一位用钁頭柄撬等乾坤袋个阿伯路過，阿三妹嘴碼當好就相借問講：「阿財伯，恁早」。阿伯乜歡喜應講：「阿三妹，恁乖，挍茶來奉茶亭喔。」

An uncle carrying a kienkun bag（grab bag）with the handle of his hoe is passing by. Asammoi greets him sweetly, "Good morning Uncle Acoi." The uncle replies to her joyfully, "Asammoi, how nice of you to carry tea to the tea-serving pavilion!"

一位用鋤頭柄撬著乾坤袋（萬用環保袋）的阿伯路過，阿三妹嘴巴很甜就打招呼說：「阿財伯，早安」。阿伯也歡喜的回答：「阿三妹，這麼乖，挑茶來奉茶亭。」

🔊客語朗讀

行到瘝 茶茶个阿伯坐下來食碗茶，黏時就笑咪咪仔講：「阿三妹，好得你屋下人恁有心，逐日來奉茶，在這上下个人正有茶水好食嘴燥。」阿伯食過茶後再起腳行，阿三妹又講：「阿財伯，細義行喔。」

The uncle is tired out of walking, so he sits down to have a bowl of tea. Right away he says with a smile, "Asammoi, it's so nice of your family to serve tea here every day, so we passersby have tea water to quench our thirst."
After drinking the tea, the uncle moves on his way. Asammoi says, "Take care Uncle Acoi."

走到很累的阿伯坐下來喝碗茶，立即就笑咪咪的說：「阿三妹，好在妳家人這麼有心，每天來奉茶，在此來往的人才有茶水好解渴。」阿伯喝過茶後繼續上路，阿三妹又說：「阿財伯，小心走喔。」

◀)) 客語朗讀

早跕三朝當一工，又一位核擔个叔姆路過，既經採好一擔擔頭核等愛轉屋，籃肚一頭番薯一頭嬰兒仔，拚事个叔姆一身汗無喊瘝。

Getting up early for three mornings saves an extra day. An aunt carrying two baskets with a shoulder pole is passing by. She has finished working and is heading home with sweet potatoes in one basket and a baby in the other. Soaked through with sweat, she works hard and never complains.

早起三朝當一工，又一位挑擔的嬸嬸路過，已經採好一擔擔子挑著要回家，籃子裡一頭番薯一頭嬰兒，努力工作的嬸嬸滿身汗不喊累。

◀》客語朗讀

叔姆停下來食一碗茶，阿三妹講：「阿田叔姆恁早，打早就改番薯轉了，嬰兒仔乜跈上山喔？」叔姆笑笑仔應講：「係啊！屋下人都無閒好捹渡，細人仔乜還愛食奶，就帶等上山，順續擙番薯捹頭。」
「還辛苦喔！」阿三妹又佩服又感動。
叔姆應講：「若姆乜共樣，山項人就係恁做啊！」

The aunt stops to have a bowl of tea. Asammoi says, "Good morning Aunt Atien. Heading home from early sweet-potato-digging! Oh, the baby went with you also?" The aunt replies with a smile, "Yeah! No one in the family was free to take care of him, and the baby needs breastfeeding also, so I took him with me to the mountain. It's good that I can carry him along with the sweet potatoes."
"Wow! It's tough." Asammoi is both admiring and touched.
The aunt replies, "Same as your mother, we mountain people are always toiling in this way."

嬸嬸停下來喝一碗茶，阿三妹說：「阿田嬸早安，一早就掘番薯要回家了，嬰兒也跟著上山喔？」嬸嬸笑笑回答說：「是啊！家裡人都忙沒空幫忙顧，嬰兒也還要吃奶，就帶著上山，順便搭著番薯一起挑。」
「好辛苦喔！」阿三妹既佩服又感動。
叔姆回答：「妳媽媽也一樣，山上人就是這麼的勞碌啊！」

話一講㖭，就聽著嬰兒仔開聲嗷，原來嬰兒仔肚飢嗷奶食，叔姆遽遽摘起嬰兒仔，摵出合等汗水个奶汁分嬰兒仔食，空氣中有一種又煞猛又幸福个味緒。

阿三妹臥頭看等添丁亭三隻字，感覺一定有特別个意思。

Right after talking, they hear the baby cry. It turns out that the baby is hungry and crying for milk. The aunt immediately takes out the baby and starts to breastfeed him the milk mixed with her sweat. Suddenly, there is a diligent and blissful taste pervading in the air.

Asammoi raises up her head and looks at the words Tiamden Pavilion, feeling there must be something special behind it.

話一講完，就聽到小嬰兒哭起來了，原來小嬰兒肚子餓哭著要吃奶，嬷嬷趕緊抱起嬰兒，掏出和著汗水的奶汁給嬰兒吃，空氣中有種又勤勞又幸福的滋味。

阿三妹抬頭看著添丁亭三個字，感覺一定有特別的意思。

臨暗仔，阿姆轉到屋，阿三妹將堵著个事情講分阿姆聽，又問：「阿姆𠊎今晡日發現，上隻茶崗摎下隻茶崗都無安名，仰般偃這隻茶崗安到添丁亭呢？」
阿姆應：「喔，該就愛講起頭擺囉！」

In the evening when mom comes home, Asammoi tells her what happened during the day. Then she asks, "Mom, today I have discovered that neither the upper tea hill nor the lower tea hill has its own name. Why is this tea hill called Tiamden Pavilion?"
Mom replies, "Oh, we have to recount it from the past."

傍晚，媽媽回到家，阿三妹將遇到的事情講給媽媽聽，又問：「媽媽，我今天發現，上個茶崗跟下個茶崗都沒有命名，為什麼我們這個茶崗叫做添丁亭呢？」
媽媽回答：「喔，那就要講起從前囉！」

阿姆臥起頭回想，定定仔講：「頭擺若婆後生該下，大家都異做喔，有一擺上屋个伯婆攞大肚，還愛去山項改番薯、摘豬菜，無想著肚笥提早痛起來了，煞煞就愛轉屋準備。」

Mom looks up at the sky and starts to recall. Then slowly she says, "During the time when your grandmother was still young, everyone was working his fingers to the bone. Once the grandaunt living in the upper house, though pregnant with a big belly, was going to the mountain to dig sweet potatoes and pick vegetables for feeding pigs. It happened that she started to have early labor cramps. Thus she hurried back home to prepare for the labor."

媽媽望天回想，慢慢的說：「從前妳祖母年輕時，大家都很勞碌，有一次上屋的伯婆懷孕肚子很大，還要去山上掘番薯、採豬要吃的菜，沒想到肚子提早痛起來了，趕緊要回家準備。」

◀)) 客語朗讀

「結果，正行到這隻茶崗，赴毋掣就降了，好得上家下屋个叔婆伯婆，該日堵堵歸群仔在脣項个茶園摘茶，頭擺个山頂人無錢請產婆，婦人家多少都會同人減輕，聽著喊聲，大家就煞煞放下手項个事頭來摒手。」阿姆繼續講。

"However, she couldn't make it home, but delivered the baby at this tea hill. Luckily, there was a group of grandaunts from the neighborhood picking tea leaves in the tea farms nearby. It was the time when mountain women assisted each other in childbirth due to shortage of money for hiring midwives. On hearing the call, everyone put down her work and went to her aid." Mom keeps talking.

「結果，走到這個茶崗時來不及就生了，好在左鄰右舍的叔婆伯婆們，那天剛好一群人在旁邊的茶園採茶，從前山上人沒錢請產婆，婦人家都會幫人接生，聽到喊叫聲，大家就趕緊放下手邊工作來幫忙。」媽媽繼續講。

🔊 客語朗讀

「『遠親不如近鄰』，好得大家捹手，這子兒順順序序在這
茶崗出世，厥屋下人當歡喜當感恩，後來就起這隻簡單个
亭仔，分過路人在這位食茶該下還有茶亭
做得寮涼，故所這茶亭就安到添丁亭。」
「喔，原來係恁樣喔。」阿三妹聽到嘴擘擘緊頷頭。

"'A neighbor nearby is more helpful than a relative far away.'
Because of the help of the neighbors, the baby was delivered
smoothly.
His family was so happy and grateful that they built this simple
pavilion afterwards, so the passersby could have a tea break under
the shade of this tea pavilion. Therefore, this tea pavilion is named
Tiamden (Son-Begotten) Pavilion."
"Oh, that's the story." Asammoi listens carefully with her mouth
opening and her head nodding.

『遠親不如近鄰』，好在大家幫忙，這孩子順利在這茶崗出世，他的家人非常
歡喜非常感恩，後來就建了這個簡單的亭子，讓過路人在這裡喝茶時有茶亭可
以遮蔭休息，所以這茶亭就叫做添丁亭。」
「喔，原來是這樣。」阿三妹聽得嘴巴張大大的直點頭。

阿三妹奉茶 壹 添丁亭 《客語&拼音對照》

【一id ﹀】P.2

阿a´三sam´妹moi在di灶zo下ha´用iung大tai鑊vog
煮zu`水sui`，阿a´姆me´吩fun´咐fu講gong`：「
水sui`滾gun`記gi得ded`盤pan ﹀ 起hi`來loi ﹀ 放biong
畀bi`冷lang´，天tien´光gong´日ngid`好ho`奉fung
茶ca ﹀ ，續sa等den`暖non´燒seu´水sui`，等den`
大tai家ga´做zo事se轉zon`夜ia好ho`洗se´身siin´。」
「好ho`﹀，𠊎ngai ﹀ 知di´。」阿a ´ 三sam ´ 妹moi
認ngin真ziin ´ 拿na´火fo`吹coi´筒tung ﹀ 歕pun ﹀
火fo`燒seu´樵ceu ﹀ 。

【二ngi】P.4

第ti二ngi日ngid`打da`早zo`，阿a´姆me´又iu
講gong`：「阿a´三sam´妹moi，昨co´暗am晡bu´
煮zu`个ge滾gun`水sui`冷lang´了le`，好ho`煞sad`
煞sad`挨kai´去hi添tiam´丁den´亭tin ﹀ 奉fung
茶ca ﹀ ，分bun´過go路lu人ngin ﹀ 食siid嘴zoi燥zau´，
順sun續sa去hi上song茶ca ﹀ 崗gong´摎lau´阿a´萬van
伯bag`姆me´學hog摘zag`茶ca ﹀ 。」

【三sam ´】P.6

阿a´三sam´妹moi用iung擔dam竿gon´挨kai´茶ca˘
到do岔ca路lu口heu`个ge添tiam´丁den´亭tin˘，
亭tin˘下ha´有iu´隻zag`水sui`缸gong´，阿a´
三sam´妹moi將jiong´水sui`缸gong´洗se`淨qiang
利li再zai將jiong´冷lang´滾gun`水sui`倒do`入ngib
去hi。

【四xi】P.8

一id`位vi用iung鑻giog`頭teu˘柄biang撬kieu
等den`乾kien˘坤kun´袋toi个ge阿a´伯bag`路lu
過go，阿a´三sam´妹moi嘴zoi碼ma´當dong´好ho`
就zu相xiong´借jia問mun講gong`：「阿a´財coi˘
伯bag`，恁an`早zo`」。阿a´伯bag`乜me歡fon´
喜hi`應en講gong`：「阿a´三sam´妹moi，恁an`
乖guai´，挨kai´茶ca˘來loi˘奉fung茶ca˘亭tin˘喔o˘。」

【五ng`】P.10

行hang ˇ 到do 癆kioi茶ngiab茶ngiab个ge阿a ´
伯bag` 坐co ´ 下ha ´ 來loi ˇ 食siid碗von` 茶ca ˇ，
黏ngiam ˇ 時sii ˇ 就zu笑seu咪mi ´ 咪mi ´ 仔e`
講gong`：「阿a ´ 三sam ´ 妹moi，好ho` 得ded`
你ngi ˇ 屋vug` 下ka ´ 人ngin ˇ 恁an` 有iu ´
心xim ´，逐giug` 日ngid` 來loi ˇ 奉fung茶ca ˇ，
在coi ´ 這ia` 上song ´ 下ha ´ 个ge人ngin ˇ 正zang
有iu ´ 茶ca ˇ 水sui` 好ho` 食siid嘴zoi燥zau ´。」
阿a ´ 伯bag` 食siid過go茶ca ˇ 後heu再zai起hi` 腳giog` 行hang ˇ，
阿a ´ 三sam ´ 妹moi又iu講gong`：「阿a ´ 財coi ˇ 伯bag`，
細se義ngi行hang ˇ 喔o ´。」

【六liug`】P.12

早zo` 跐hong三sam ´ 朝zeu ´ 當dong一id`
工gung ´，又iu一id` 位vi核kai ´ 擔dam ´ 个ge
叔sug` 姆me ´ 路lu過go，既gi經gin ´ 採cai` 好ho`
一id` 擔dam ´ 擔dam ´ 頭teu ˇ 核kai ´ 等den` 愛oi
轉zon` 屋vug`，籃lam ˇ 肚du` 一id` 頭teu ˇ
番fan ´ 薯su ˇ 一id` 頭teu ˇ 嬰o ˇ 兒nga仔e`，
拚biang事se个ge叔sug` 姆me ´ 一id` 身siin ´
汗hon無mo ˇ 喊hem ´ 癆kioi。

【七qid`】P.14

叔sug`姆me´停tin˘下ha´來loi˘食siid一id`
碗von`茶ca˘，阿a´三sam´妹moi講gong`：「
阿a´田tien˘叔sug`姆me´恁an`早zo`，打da`
早zo`就zu改goi`番fan´薯su˘轉zon´了le˘，
嬰o˘兒nga仔e`乜me踳ten˘上song´山san´
喔o˘？」叔sug`姆me´笑seu笑seu仔e`應en
講gong`：「係he啊a´！屋vug`下ka´人ngin˘
都du無mo˘閒han˘好ho`搢ten渡tu，細se人ngin˘仔e`乜me還han˘愛oi食siid
奶nen，就zu帶dai等den`上song´山san´，順sun續sa摎lau´番fan´薯su˘搢ten
頭teu˘。」
「還han˘辛xin´苦ku`喔o´！」阿a´三sam´妹moi又iu佩pi服fug又iu感gam`
動tung。
叔sug`姆me´應en講gong`：「若ngia´姆me´乜me共kiung樣iong，山san´
項hong人ngin˘就zu係he恁an`做zo啊a´！」

【八bad`】P16

話fa一id`講gong`恁ted`，就zu聽tang´著do`
嬰o˘兒nga仔e`開koi´聲sang´嗷gieu，原ngien˘
來loi˘嬰o˘兒nga仔e`肚du`飢gi´嗷gieu奶nen
食siid，叔sug`姆me´遽giag`遽giag`揇nam`
起hi`嬰o˘兒nga仔e`，㧟bien`出cud`合gab`
等den`汗hon水sui`个ge奶nen汁ziib`分bun´嬰o˘
兒nga仔e`食siid，空kung´氣hi中zung´有iu´一id`種zung´又iu煞sad`猛mang´
又iu幸hen福fug`个ge味mi緒xi。
阿a´三sam´妹moi臥ngo頭teu˘看kon等den`添tiam´丁den´亭tin˘三sam´
隻zag`字sii，感gam`覺gog`一id`定tin有iu´特tid別ped个ge意i思sii。

【九giuˋ】P18

臨limˇ暗am仔eˋ，阿aˊ姆meˊ轉zonˋ到do屋vugˋ，阿aˊ三samˊ妹moi將jiongˊ堵duˋ著doˋ个ge事sii情qinˇ講gongˋ分bunˊ阿aˊ姆meˊ聽tangˊ，又iu問mun：「阿aˊ姆meˊ，𠊎ngaiˇ今ginˊ晡buˊ日ngidˋ發fadˋ現hien，上song隻zagˋ茶caˇ崗gongˊ摎lauˇ下haˊ隻zagˋ茶caˇ崗gongˊ都du無moˇ安onˊ名miangˇ，仰ngiongˋ般ban偓enˊ這iaˋ隻zagˋ茶caˇ崗gongˊ安onˊ到do添tiamˊ丁denˊ亭tinˇ呢noˋ？」

阿aˊ姆meˊ應en：「喔oˋ，該ge就zu愛oi講gongˋ起hiˋ頭teuˇ擺baiˋ囉loˊ！」

【十siib】P.20

阿aˊ姆meˊ臥ngo起hiˋ頭teuˇ回fiˇ想xiongˋ，tin定tin仔eˋ講gongˋ：「頭teuˇ擺baiˋ若ngiaˊ婆poˇ後heu生sangˊ該ge下haˋ，大tai家gaˊ都du異i做zo喔oˊ，有iuˊ一idˋ擺baiˋ上song屋vugˋ个ge伯bagˋ婆poˇ擐kuan大tai肚duˋ，還hanˇ愛oi去hi山sanˊ項hong改goiˋ番fanˊ薯suˇ、摘zagˋ豬zuˊ菜coi，無moˇ想xiongˋ著doˋ肚duˋ笥siˋ提tiˇ早zoˋ痛tung起hiˋ來loiˇ了eˋ，煞sadˋ煞sadˋ就zu愛oi轉zonˋ屋vugˋ準zunˋ備pi。」

阿三妹奉茶 壹 添丁亭 《客語&拼音對照》

【十siib一id`】P.22
「結gied`果go`，正zang行hang˘到do這ia`隻zag`
茶ca˘崗gong´赴fu毋m˘掣cad`就zu降giung了e˘，
好ho`得ded`上song家ga´下ha´屋vug`个ge
叔sug`婆po˘伯bag`婆po˘，該ge日ngid`堵du`
堵du`歸gui´群kiun˘仔e`在di脣sun˘項hong个ge
茶ca˘園ien˘摘zag`茶ca˘，頭teu˘擺bai`个ge
山san´項hong人ngin˘無mo˘錢qien˘請qiang`產san`
婆po˘，婦fu人ngin˘家ga´

多do´少seu`都du會voi同tung˘人ngin˘減giam`輕kiang´，聽tang´著do`
喊hem´聲sang´，大tai家ga´就zu煞sad`煞sad`放biong下ha´手su`項hong个ge
事se頭teu˘來loi˘拚ten手su`。」

【十siib二ngi】P24
「『遠ien`親qin´不bud`如i˘近kiun鄰lin˘』，
好ho`得ded`大tai家ga´口ten手su`，這ia`子zii`
兒i˘順sun順sun序xi序xi在di這ia`茶ca˘崗gong´

出cud`世se，厥gia´屋vug`下ka´人ngin˘當dong´
歡fon´喜hi`當dong´感gam`恩en´，後heu來loi˘
就zu起hi`這ia`隻zag`簡gien`單dan´个ge亭tin˘
仔e`，分bun´過go路lu人ngin˘在di這ia`位vi食siid茶ca˘該ge下ha還han˘有iu´
茶ca˘亭tin˘做zo得ded`寮liau涼liong˘，故gu所so`這ia`茶ca˘亭tin˘就zu安on´
到do添tiam´丁den´亭tin˘。」
「喔o`，原ngien˘來loi˘係he恁an`樣ngiong`喔o˘。」阿a´三sam´妹moi
聽tang´到do嘴zoi擘bag`擘bag`緊gin`頷ngam`頭teu˘。

阿三妹奉茶 壹 添丁亭

彭歲玲簡介

　　原籍苗栗三義，台東大學華語文學系台灣語文教育碩士，國小教職退休後，持續著力於客家文化及語言的傳承，現任客家委員會委員、客語薪傳師、講客廣播電臺主持人。

　　喜愛文學與繪畫，客語文學作品曾多次獲獎如：桐花文學獎、教育部閩客語文學獎、客家筆會創作獎、六堆大路關文學獎、苗栗文學集入選出版等。參與客家女聲女詩人團隊吟詩展演，喜歡創作及吟唱客語詩分享客語之美。

　　現居台東，專注創作，也帶領孩童創作詩畫及童話繪本。

一、個人作品有：詩畫選集《記得你个好》。繪本《雲火龍》、《阿三妹奉茶—添丁亭、膨風茶、礱糠析》、《沙鼻牯》。

二、師生合著作品有：《蟻公莫偆-客華雙語童詩童畫集》、細人仔狂想童話集系列《來寮喔》、《湛斗喔》、《當打眼》、《毋盼得》。

指　導　贊　助：文化部 MINISTRY OF CULTURE　客家委員會 Hakka Affairs Council
出　版　單　位：臺東縣藝術人文三創協會
發　行　人：彭歲玲
創　作　者：彭歲玲
總　　成：朱恪濬
設　計　完　稿：禾子設計
影　　音：許欣展
插　畫　協　力：許佩樺
英　文　翻　譯：呂曉婷
英　語　錄　音：John-Michael L. Nix
客語四縣腔錄音：彭歲玲
地　　址：臺東縣臺東市新生路455號
郵　　電：kcchu18tw@gmail.com
電　　話：089-320955
印　刷　所：久裕印刷事業股份有限公司
地　　址：新北市五股工業區五權路69號
電　　話：02-22992060
出　版　年　月：中華民國107年12月/初版
　　　　　　　中華民國108年5月/第二版
　　　　　　　中華民國109年11月/第三版
每　套　定　價：NT$1000元

購 書方式
郵局劃撥帳號：06721619
戶名：澎澎工作室
電話：0919-139938
電郵：ponling4840@gmail.com

作者相關參考資訊請搜尋
「靚靚山海戀」，
或掃描QR Code。